Ossowski · Das Zinnparadies

Leonie Ossowski

Das Zinnparadies

RadiusBibliothek

RadiusBibliothek
Herausgegeben von Wolfgang Erk

CIP-Titelaufnahme der Deutschen Bibliothek
Ossowski, Leonie:
Das Zinnparadies / Leonie Ossowski. - Stuttgart : Radius-Verl., 1988
(Radius-Bibliothek)
ISBN 3-87173-764-X

3., 2., 1. Auflage (die letzte Ziffer gilt für diese Ausgabe)
ISBN 3-87173-764-x

Einbandgestaltung: Gabriele Burde
Gesamtherstellung: Clausen & Bosse, Leck
Printed in Germany

Für Mahand
meine Schwester

Das Haus war im Vergleich zu den anderen Häusern im Dorf viel zu groß, denn bei Licht besehen war das Haus ein Schloß.

Ein schäbiges Schloß, ramponiert, mit verschandelter Fassade, an deren Kronen die Zacken fehlten. Ein Schloß ohne Schloßherr, das versteckt zwischen Eichen, Linden, Buchen und Platanen in einem Park stand.

Als es die Polen nach dem Abzug der sowjetischen Truppen zum erstenmal betraten, fanden sie nichts mehr vor. Jeder Raum, vom Keller bis unters Dach, war leer wie eine Scheune vor der Ernte. Die Russen, so hieß es, die hätten alles mitgenommen. Nur die Türen hingen noch in den Angeln und führten von einem ausgeräumten Zimmer ins andere.

Die Leute vom Dorf klopften die Wände ab, sahen unter Treppen und hinter Balken, konnten es nicht fassen; von Möbeln keine

Spur. Die, die als Zwangsarbeiter zum Kohleschleppen oder sonstigen Arbeiten einmal im Schloß gewesen waren, die wollten besonders gern wissen, was da zurückgeblieben war an Glanz, Pomp und dem, was vielleicht zu gebrauchen sein könnte.

Aber weil nichts mehr da war, nichts zum Ansehen und nichts zum Mitnehmen, ließ man einfach die Türen offen und wartete ab. Monate soll es so dagestanden haben, das Schloß, nur von Ratten und Mäusen bevölkert, dem Verfall ausgeliefert und zu nichts nütze.

Das änderte sich erst, als die Felder und Wälder der ehemaligen deutschen Güter zu einem Kombinat unter der Leitung eines Direktors und seiner Frau zusammengelegt wurden.

Nicht, daß die beiden nun ins Schloß gezogen wären. Nein, ein anderes Gutshaus gefiel ihnen besser. Eines, das sie sich selbst auswählen konnten, wie die Babka später Janusz erzählte, während die Dorfbewohner das nicht durften. Die bekamen die Häuser und Höfe zugeteilt, wobei jeder zugeben mußte, daß die ehemaligen Zwangsarbeiter, die am Ort geblieben waren, zu den besseren Höfen kamen als die Ostpolen, deren Heimatland nach dem Krieg an die Sowjetunion abgegeben werden mußte. Es habe schon seine Zeit gedauert, berichtete die Babka, bis Ordnung und Ruhe unter die Dächer kamen und jeder sein Nest fand.

Nur das Schloß, das blieb leer und unbewohnt. Da mochte auch keiner rein, wäre sich lächerlich vorgekommen mit den Putten und Engeln aus Gips an den Wänden im zwei Stockwerk hohen Flur und in Zimmern, groß wie der Tanzsaal der Gastwirtschaft. Die Küche im Keller, die Schlafstuben im ersten Stock, da hätte man sich allein auf den Treppen die Holzpantinen abgelaufen. Lieber überließ man das Schloß dem Wind, der durch die Ritzen pfiff, dem Regen, der durchs Dach tropfte, den Mäusen, die Löcher in Dielen und Tapeten fraßen.

Das Kombinat kam schnell in Schwung. Nicht nur wurden alle Felder bestellt, auch die Viehzucht kam in Gang. Der neue Direktor, das war schnell rum im Dorf, der wußte, was er wollte. Und weil er wußte, was er wollte, fand er auch für das Schloß eine Verwendung.

Er baute es aus und um, versetzte Wände, ließ die unnötig gewordenen Veranden samt dem Wintergarten abreißen, Eingänge verlegen und Fenster zumauern, wie es ihm paßte. Dadurch verlor das Schloß immer mehr an Harmonie, sah kaum noch wie ein Schloß aus, wirkte auch nicht mehr pompös, sondern plump und häßlich. Durch den Park ließ der Direktor für die Dorfbewohner einen Weg aus Betonplatten legen. Denn das Schloß, so sagte er, das Schloß sei jetzt das Clubhaus des Dorfes. Eine Café-Stube wurde eingerichtet, ein Billardzimmer, ein Fernsehraum, ein Kindergarten, Werkstätten und eine Bibliothek, die von der Frau Direktor verwaltet wurde. Im Souterrain aßen die Kombinatsangestellten und im Obergeschoß, neben Zahnklinik und Arzträumen, gab es zwei Wohnungen. In einer dieser Wohnungen wurde Janusz geboren, der Enkel der Babka, die es zur Zeit der deutschen Besatzung in Polen als Zwangsarbeiterin hierher ins Dorf verschlagen hatte. Nach dem Kriegsende wurde sie in der Kombinatsküche beschäftigt, hatte dort Tag für Tag gekocht, gebraten, gebacken, bis ihr das Alter in die Knochen fuhr und ihre Kräfte nachließen. Aber auch als Rentnerin blieb sie im Schloß wohnen und lebte bei ihrem Sohn, der als Verwalter im Kombinat arbeitete.

Die Babka machte nie viel Aufhebens von sich und wartete insgeheim auf den Tod. Das änderte sich erst wieder mit Janusz' Geburt, der so schnell auf die Welt kam, daß niemand außer ihr zur Stelle war. Sein Gebrüll war so kräftig gewesen, daß man es sogar unten in der Kombinatsküche gehört hatte.

Die Schwiegertochter berichtete später, die Babka habe wie verrückt gelacht, habe das Kind gebadet, gewickelt, in ein Kissen gesteckt und sei mit dem Neugeborenen treppauf, treppab gerannt, um ihm sein Zuhause zu zeigen. Keinen Raum habe die Alte ausgelassen, sogar im Arztzimmer sei sie mit dem Säugling gewesen und angeblich auch auf dem Turm des Schlosses. Erst der junge Vater habe seine Mutter zur Vernunft bringen und ihr das Kind wieder abnehmen können. Von da an hatte die Babka ihren Enkel nicht mehr aus den Augen gelassen, hatte ihm das Laufen und das Sprechen beigebracht, hatte ihn gehütet und das Kind, ob's erlaubt war oder nicht, im Schloß herumgeschleppt, bis es auf ihren Armen einschlief.

Inzwischen war Janusz zehn Jahre alt geworden, machte längst seine Streifzüge allein durchs Schloß, während die Babka Wache hielt, wie sie sich ausdrückte. Plötzlich kam der Großmutter eine Nachricht zu Ohren, die nicht nur sie, sondern auch Janusz beunruhigte.

Einer sagte es dem anderen: Die jüngste Tochter des ehemaligen Gutsbesitzers habe jetzt, vier Jahrzehnte nach dem Abzug der Deutschen, ihren Besuch angekündigt. Sie wolle ihr Elternhaus sehen, hieß es, um Erinnerungen aufzufrischen.

Die meisten Bewohner des Dorfes interessierte das nicht. Niemand kannte die Frau, die damals als Kind ihre Heimat verlassen mußte. Niemand hatte etwas dagegen, daß sie den Wunsch äußerte, sich anzusehen, was ihr nicht mehr gehörte. Nur die Babka regte sich auf.

»Herumschnüffeln wird sie wollen«, schimpfte sie. »Nach dem Rechten sehen, wie die Deutschen das nennen und eines Tages, eines Tages fängt alles wieder von vorne an.«

»Daß du nicht vergessen kannst«, sagte der Sohn und die Großmutter sagte: »Nein, das kann ich nicht, auch wenn ich es wollte.«
Janusz sagte gar nichts, hörte nur zu und überlegte, ob der Großmutter zu glauben war oder nicht.
Schweigend zog er die Tür hinter sich zu und ließ sie in ihrem Sessel am Fenster sitzen. Von hier aus hatte sie nicht nur den Park im Blick, sondern auch die Einfahrt zum Kombinat.
»Die Babka vom Janusz«, sagten die Leute im Dorf, »die lauert wie ein Hofhund am Fenster im Schloß auf Fremde.«
»Sie ist nicht mehr richtig im Kopf«, behaupteten die einen.
»Sie hat immer noch Angst vor den Deutschen«, meinten die anderen. »Da nützt alles Zureden nichts.«
Aufs Dach kam man nur über die Turmtreppe, eine hölzerne Stiege, die für Janusz nie ein Ende nahm, deren oberste Stufe er fürchtete und die er noch nie bis unter das Gebälk des Turmes erklommen hatte. Da war nichts mehr vertraut, da war nur Finsternis und der Geruch von Eulen.
Sommerliche Nachmittagsstille. Der Vater war auf den Feldern. Die Mutter arbeitete im Verwaltungsbüro. Niemand hielt sich in der Café-Stube auf, niemand sah fern. Es wurde kein Billard gespielt, und die Bibliothek, die Arztzimmer und die Zahnklinik waren verschlossen. Nur aus der Küche hörte man das

Klappern der Töpfe und Abwaschgeräusche.
»Daß du mir nicht allein im Schloß herumlungerst«, sagte der Vater fast täglich.
»Die Frau Direktor will das nicht«, fügte die Mutter hinzu. Janusz sah das nicht ein, angelte sich trotz Verbot die Schlüssel vom Haken und machte sich auf den Weg.
Nur die Großmutter wußte Bescheid, hielt nichts von den Befehlen der Frau Direktor und der Fügsamkeit ihres Sohnes, wisperte hinter vorgehaltener Hand Janusz zu, er möge, wenn er wolle, ruhig in alle Ecken kriechen.
»Was dem einen recht ist«, sagte sie, »ist dem anderen billig. Das hier ist dein Elternhaus.«
Also nahm Janusz in aller Stille mit Wissen der Babka von jedem Winkel Besitz, füllte ihn mit seiner Welt aus, mit seiner Phantasie und ungeachtet dessen, wie es früher im Schloß ausgesehen hatte. Einen Salon sollte es da gegeben haben, behauptete die Großmutter, ein Damen- und ein Herrenzimmer, ein Eßzimmer, und in dem Saal, in dem heute die Dorfjugend Theater spielte, hätten früher bis zu fünfzig Personen an einem Tisch speisen können. Im oberen Stock, wo jetzt seine Eltern, die Babka und er wohnten, seien die Gästezimmer gewesen und auf der anderen Seite des Flures die Kinderzimmer.
Immer wieder kramte die Babka in ihren Erin-

nerungen und erzählte Janusz von einer Zeit, die er nicht kannte, von einem Schloß, das er sich so nicht vorstellen konnte, von Menschen, die hier nicht mehr lebten und von denen ihm die Großmutter versicherte, man dürfe ihnen nicht trauen.

Auf Zehenspitzen schlich Janusz den Flur entlang, die Schlüssel zum Turm in der Hand. Zwei Möglichkeiten gab es nach oben zu kommen: Entweder er lief die breite Treppe mit dem ausladenden Geländer hinunter, durch den hohen und großen Flur an den zweiflügeligen Türen vorbei auf die andere Seite, um dort eine schmale, viel dunklere Treppe wieder aufwärts zu steigen, oder er schloß die kleine Tür auf, hinter der die Arzträume lagen und das lange holzgetäfelte Zimmer mit dem schweren Holztisch, in das der Herr Direktor die Besucher des Kombinats zum Essen einlud. Hier hatte Janusz noch nie gegessen. Hier sah er nur hin und wieder, wie die Frauen aus der Küche auf eben jener schmalen und dunklen Treppe Schüsseln, Terrinen und Platten rauftrugen, hörte das Gelächter der Gäste, das Klirren der Gläser und die alles übertönende Stimme des Herrn Direktor: »Na zdrowie.«

Janusz entschied sich weder für die breite Treppe noch für die Tür, hinter der die Arztzimmer und der Speiseraum des Herrn Direktor lagen. Janusz entschied sich für das Treppengeländer, dessen Handlauf zum Rutschen verführte. Auch das war verboten. Da aber in der Stille des Nachmittags niemand da war, der Janusz zurechtwies, schwang er sich auf das hundertjährige glatte Holz, stieß sich ab und sauste mit ausgebreiteten Armen und angehaltenem Atem abwärts. Unten angelangt, knallten seine Schuhe auf die Dielen, daß ihm die Fußsohlen brannten und er sich einen Augenblick hinhocken mußte. Er sog die Luft durch die Nase und schloß die Augen. Hier roch es, wie es nirgendwo anders roch.

Immer ein wenig nach Suppe, Kohl und gebratenen Zwiebeln, nach Putzmitteln und nach etwas, das Janusz sich nicht erklären konnte. Vielleicht etwas, das von den Deutschen übrig geblieben, ganz oben zwischen den Putten an den Wänden hing und muffig geworden war.

Bis heute hatte Janusz selten einen Gedanken an die Deutschen verloren. Höchstens hier in dem großen Flur, weil es seiner Meinung nach nur hier noch etwas von ihnen zu riechen gab. Weiß der Himmel, möglicherweise war die Deutsche schon da, saß in der Café-Stube und ließ sich bedienen, oder sie hockte im Fernsehraum. Vielleicht spielte sie Billard, vielleicht schnüffelte sie auch in der Bibliothek herum, rannte mal hierhin, mal dorthin, wo sie ebensowenig etwas zu suchen hatte wie Janusz in dem Speisezimmer des Herrn Direktor.

Janusz schob seinen Entschluß, auf den Turm zu steigen, hinaus und öffnete statt dessen eine der Flügeltüren, die zum Fernsehraum führten. Die Vorhänge vor den drei hohen Fenstern waren zugezogen und verbreiteten ein braunes, derart dämmriges Licht, daß Janusz über einen Stuhl stolperte. Der stand seitlich in umgekehrter Richtung, als habe ihn jemand absichtlich umgedreht.

Wer war hier gewesen? Wer hatte hier Unordnung in die Ordnung gebracht, war vielleicht da und ließ sich in dem Halbdunkel nur nicht sehen?

Janusz tastete mit den Augen ab, was er glaubte, erkennen zu können:

Die Höhe und Breite der Fenster, der nie mehr benutzte, große grüne Kachelofen, dessen Ornamente er im Schlaf hätte nachzeichnen können, die Holztäfelung an der Wand, hell gebeizt, die sich durch alle Zimmer zog und Janusz in diesen hohen Räumen ein Gefühl der Geborgenheit gab, die vier runden Lampen, die von der Decke hingen und jedes Eckchen hell machen konnten.

Nur zwei Schritte bis zum Schalter. Warum ging er nicht hin und schob das kleine Hebelchen hoch? Warum lief er nicht zu den Fenstern und zog die Vorhänge zur Seite?

Es war ihm unmöglich, sich zu bewegen. Die Arme hingen ihm schwer herunter, als seien die Hände aus Stein, seine Füße hefteten sich an die Dielen, und alles, was er dachte, vermischte sich auf unnatürliche Weise mit den Erinnerungen der Babka.

Das Holz an den Wänden begann zu knistern,

wurde rissig, fiel von der Wand und machte anderem Holz Platz, Eichenholz, das plötzlich in viel feinerer Täfelung zu sehen war, während sich über die Ölfarbe der Wand eine tiefrote, seidige Tapete legte.
Er war verhext, das Schloß war verhext, vielleicht auch die Babka.
Ihm gegenüber tauchte aus dem seidigen Rot ein Bild auf. Es zeigte einen hohen Offizier, der, auf einem Pferd sitzend, ein Regiment anführte. Seine dunkle Uniform war mit silbernen Schnüren besetzt, und auf dem Kopf trug er eine riesengroße, mit Pelz besetzte Mütze. Den gezogenen Säbel über seinem Kopf schwingend, schien er auf Janusz zuzureiten, vielleicht um ihn aufzuspießen.
Aber Janusz gelang es beiseite zu springen. Und mit dem Satz, den er da zwischen den Stühlen im Fernsehraum machte, begriff er, daß er auf die Beschreibungen der Babka hereingefallen war.
Im gleichen Augenblick wich die tiefrote, seidige Tapete der früheren Ölfarbe.
Der hohe Offizier verblaßte mit samt seinem Pferd. Das Holz, hell gebeizt, kehrte zurück und verdeckte mit einem Schlag die feine, aus Eiche gearbeitete Täfelung. Janusz fühlte sich wieder geborgen. Vorsichtig stellte er endlich den Stuhl dahin, wo er hingehörte und schlich sich, so schnell er konnte, aus den Erinnerungen der Großmutter.

Einmal aufs Thema gebracht, ließ es Marie an Ausführlichkeit nicht fehlen. »Blind«, sagte sie, »blind finde ich die Stelle, wo ich das Paradies am Tag der Flucht versteckt habe, auch wenn es über vierzig Jahre her ist.«

Obwohl Maries Töchter die Geschichten der Mutter seit ihrer Kindheit kannten, hörten sie immer wieder zu. Längst wußten sie, wie es im Elternhaus der Mutter ausgesehen hatte, wären in der Lage gewesen, es selbst zu beschreiben, hätten ebenso die Zahl der Zimmer und deren Verwendung angeben können wie die Beschaffenheit des Mobiliars. Sie wußten, daß die Tapete im Damenzimmer grün war, die im Herrenzimmer rot, die des Salons und des Eßzimmers hingegen hell. Unzählige Male hatte ihnen die Mutter von den Tabakdosen, den Porzellantassen, den Medaillons und Urkunden berichtet, die im Salon in der Glasvitrine lagen und die Marie nicht einmal in ihrem Leben hatte anfassen dürfen. Das Kinderzimmer war ihnen vertraut, daneben die Gästezimmer, in denen im Sommer der Besuch wohnte.

Am liebsten beschrieb Marie das Bild ihres Urgroßvaters, ein berühmter Husarengeneral. Der Maler hatte ihn mit gezogenem Säbel dargestellt, wie er siegessicher in den Krieg gegen die Franzosen ritt.

»Das war vor hundert Jahren«, seufzten die

Töchter und sahen sich an. Aber mit der Erwähnung des Bildes kam die Mutter erst richtig in Fahrt, sprang durch die Jahreszeiten, erzählte von Weihnachten, von den Rotwildjagden im Herbst, von Erntefesten und am Ende immer vom letzten Krieg, den man bis zum Schluß nie gehört und gesehen hatte.

Wenn Marie ihren Töchtern von der Heimat berichtete, begann sie stets mit der Beschreibung eines Ortes oder Raumes, erst danach erwähnte sie die Personen. Es schien, als seien die Menschen, die zu Maries Kindheit gehörten, ohne das Haus, das Dorf und die Landschaft handlungsunfähig gewesen, hätten vielleicht gar nicht existieren können.

Als dann die Töchter erwachsen wurden und die Mutter seltener sahen, verlor Marie die regelmäßige Anwesenheit ihrer Zuhörer. Nicht, daß sie darüber gejammert hätte, aber sie kam aus der Übung. So merkte sie nicht, daß sie mit der Zeit bestimmte Dinge vergaß. Erst waren es Kleinigkeiten. Zum Beispiel das Geräusch einer Tür oder das Muster eines Teppichs. Dann folgte das Zifferblatt einer Biedermeieruhr im Damenzimmer. Weder fiel ihr die Form der Zeiger ein, noch hätte sie sagen können, ob die Uhr mit römischen oder arabischen Zahlen beziffert war. Dieser plötzliche Gedächtnisschwund beunruhigte Marie, bedrohte sie und zerstörten ihre Geschichten. Es gab keinen Anfang mehr, nichts Verläßliches, auf dem ihr Bericht beruhte. Um weiteren Erinnerungslücken vorzubeugen, versuchte sie es mit Aufschreiben, fertigte eine Liste von Räumen und Gegenständen an, von Licht, Gerüchen und Geräuschen, wachte nachts auf, fügte noch das Schnitzwerk eines Schrankes hinzu, die Stufenzahl einer Treppe oder die Form eines Glases. Aber die Lücken waren nicht mehr auszufüllen, vergrößerten sich und machten Maries Erinnerung unbrauchbar.

Einmal hatte Marie in den ersten Morgenstunden ihre Schwester Anna angerufen.

Anna, die schon zweimal in Polen gewesen war, die das Elternhaus besucht und behauptet hatte, daß dort zwischen Keller und Turm nichts mehr von früher zu finden sei, nicht mal die Scherbe eines Tellers.

»Ich rede nicht von heute«, hatte Marie gesagt. »Ich rede von damals. Sag mir bitte, wie sahen die Klinken an den Türen aus? Hatte das Tischchen neben dem Schreibtisch von Mama eine Messingumrandung? Und die marmornen Putten auf dem Kamin, hatten die ihre Hände gefaltet oder standen sie mit ausgebreiteten Armen auf dem Sims?«

»Das willst du jetzt wissen«, hatte Anna zurückgefragt, »jetzt, vierzig Jahre später und mitten in der Nacht?«

»Ja«, hatte Marie geantwortet, »ich kann sonst nicht schlafen.«

Anna hatte weder das eine noch das andere gewußt, gab schläfrig zu, daß sie Einzelheiten dieser Art nicht mehr interessierten und es für sie wichtigere Dinge im Leben gäbe. Sie hatte wohl noch mehr gesagt, war vielleicht freundlicher geworden, Marie wußte es nicht. Sie hatte aufgelegt, war aufgestanden, bis zum Morgengrauen in der Wohnung auf und ab gelaufen und hatte sich aufrecht gehend ins Elternhaus zurückgeträumt.

So wie Marie war auch ihr Vater auf und ab gelaufen, hatte sein Zimmer an die zehn Mal durchmessen, hatte seinen Kopf gegen den grünen Kachelofen gelehnt, dessen Ornamente dann kleine Muster in seine Stirn drückten.

Plötzlich blieb Marie stehen. die Ornamente – sie erinnerte deren Umrisse und Konturen nicht mehr, sie spürte nur die Unebenheit auf der Handfläche, wenn man darüber hinwegstrich. Die Rillen und kleinen Wölbungen, die Längs- und Querläufe fühlte sie wie eine Blinde, nur daß sie sich in kein Bild umsetzen ließen und keine Form wiedergaben.

Abermals hatte sich die Lücke in ihrem Gedächtnis vergrößert. Und weil Marie merkte, daß ihre Geschichten an Ausführlichkeit immer mehr zu wünschen übrig ließen, stellte sie das Erzählen ganz ein.

Erst fiel es den erwachsen gewordenen Mädchen nicht weiter auf. Es verschaffte ihnen eher ein Gefühl der Erleichterung. Aber dann ergaben sich unerwartete Pausen, in denen

Marie kein Wort hervorbrachte, ständig nur um ein Lächeln bemüht, das über ihre Angst hinwegtäuschen sollte.
»Was ist mit dir«, fragten die Töchter betreten und versuchten die Mutter zu ermuntern, wenigstens hin und wieder die alte Heimat zu erwähnen.
Aber Marie schüttelte den Kopf und schwieg sich aus. Da sich das nicht ändern ließ und es bei diesem merkwürdigen Lächeln im Gesicht der Mutter blieb, griffen die Töchter irgendein Ereignis heraus und sagten zum Beispiel:
»Weißt du noch, wie du dich an deinem Geburtstag beim Versteckspiel im Salon in der Truhe verborgen hast?«
Marie antwortete nicht.
»In der Truhe, von denen es nur drei auf der Welt gab. Eine stand in Paris, eine in Moskau, eine bei euch. Und dir war als Kind streng verboten, darauf zu sitzen, zu rutschen oder hineinzukriechen.«
Marie ließ sich nicht provozieren, zu Ende zu erzählen, was die Töchter begonnen hatten. Nicht, daß ihr das Muster der Truhe entfallen wäre, die in Silber gefaßten Efeublätter aus Perlmutt. Nein, der Inhalt der Truhe war es, auf den sie sich nicht mehr besinnen konnte. Der Inhalt, an den zu erinnern ihr jetzt mehr bedeutete als die Ohrfeige, die sie sich für die Wahl ihres Verstecks eingehandelt hatte.
»Nicht so wichtig«, sagte Marie.

»Na hör mal«, sagten die Töchter und spielten auf ein anderes, ihnen geläufiges Ereignis aus der Kindheit der Mutter an. Aber es war nichts zu machen, die Bemühungen zeigten keinen Erfolg, die Mutter schwieg.
»Ich habe zuviel vergessen und zu wenig behalten, um der Wahrheit Genüge zu tun«, gab sie endlich zu.
»Gut«, sagte die eine, »vielleicht bist du dafür dein Heimweh los.«
»Das glaube ich nicht«, sagte die andere. »Heimweh ist eine Krankheit, gegen die kein Kraut gewachsen ist.«
Ein Streit entstand. Die Töchter redeten über Maries Kopf hinweg, als hätten sie die Mutter vergessen, bis Marie unerwartet heftig mit der Hand auf den Tisch schlug.
»Ich werde hinfahren«, sagte sie mit einer zu hoch geratenen Stimme. »Ich werde hinfahren und mir das Paradies holen.«
Die Töchter sahen sich an, wagten aber nicht zu lachen, obwohl sie das Vorhaben der Mutter für eine Schnapsidee hielten.
»Du wirst es nicht mehr finden«, sagten sie vorsichtig.
»Es muß noch da sein, ich habe es viel zu gut versteckt«, antwortete Marie und begann mit geschlossenen Augen in ihre Erinnerungen zu schlüpfen.
Es war damals ein kalter Januartag voller fremder Geräusche, die die zehnjährige Marie mehr erregten als die aufgerissenen Schränke,

Kommoden, die Koffer, Säcke und Körbe, die in den Fluren herumstanden. Mehr als 25 Kilo, so hatte es der Bürgermeister jedem einzelnen sagen lassen, mehr dürfe man pro Kopf nicht mitnehmen. Da war guter Rat teuer. Kein Silber, keine Teppiche, keine Bilder. »Was ist mit meinen Puppen?« hatte Marie gefragt und zur Antwort bekommen, daß sie eine mitnehmen dürfe, eine von so vielen.

»Und sonst, was darf ich sonst mitnehmen?«

»Nichts!«

Dieses NICHTS hatte auch zu diesen Geräuschen gehört. Überall war es zu hören, wurde ständig von der Mutter wiederholt, der Großmutter und der Tante, setzte sich jammernd fort, als Frage ebenso knapp wie als Antwort.

Nichts.

Die Geräusche hatten in den Nächten eingesetzt. In diesen sonst froststillen Nächten, in denen kein Käuzchen rief, keine Katze schrie und kein Hund bellte, war es plötzlich aufgetaucht, dieses Knirschen der fremden Räder im hartgefrorenen Schnee, dieses Knallen der Peitschen, dieses langgezogene Ho und Hü der alten Männer, die die Pferde vorantrieben. Unentwegt rollten die Wagen von Ost nach West. Es gab keine Stille mehr. Das Knirschen setzte sich in den Ohren fest, begleitete den leicht gewordenen Schlaf, die Angst und die Sorge, was mitzunehmen sei und was nicht. Niemand schloß mehr die Türen, niemand achtete auf Staub und auf Schmutz, kein Tisch wurde gedeckt, man aß, wo man stand, selbst die benutzten Teller wusch niemand mehr ab. Jeder war mit seinem Gepäck beschäftigt, packte ein, packte um, entschied sich am Abend für Wertgegenstände, am Morgen für Wäsche und probierte an, was bis zur Unbeweglichkeit übereinanderzuziehen war.

In den Ställen begannen die Kühe zu brüllen. Es hieß, man werde sie in den Schnee treiben, damit sie später ihre zum Platzen vollen und schmerzenden Euter kühlen könnten. Auch die Schweine begannen zu rumoren, die Hühner, die Gänse und übertönten damit das Knirschen der Treckwagen. Das war noch schlimmer.

Marie hatte von niemandem bemerkt ihr Zimmer aufgeräumt, ihre Puppen der Größe nach hingesetzt, Bücher und Spielzeug geordnet. Die Russen, hatte sie zur Mutter gesagt, die sollten nicht denken, daß sie unordentlich sei. Danach war sie durchs Haus gelaufen, hatte in die offenen Schränke gesehen, in die Schubladen und Truhen und mit Neugierde betrachtet, was eingepackt wurde und was nicht.

Auch das Damenzimmer zeigte dieses bedrohliche Durcheinander. Kein Stuhl stand auf seinem Platz, die Sessel waren zur Seite geschoben, Papiere bedeckten den Teppich.

Auf dem Tisch ohne Tischtuch türmten sich Kleidungsstücke. Was heruntergefallen war, blieb liegen. Außer Marie schien niemand für die Russen Ordnung machen zu wollen.

Von allem unberührt stand neben dem Schreibtisch der Mutter auf einem kleinen, ovalen Mahagonitischchen das Paradies. Marie kannte jede Figur, jeden Baum, jedes Tier, hätte die Anordnung und die Abstände aus dem Kopf hersagen können, die Stückzahl nennen und, worauf Marie besonders stolz war, sie wußte sogar wieviel Äpfel auf die winzigen Bäumchen gemalt waren. Die Figuren aus Zinn, nicht größer als Maries kleiner Finger und nicht dicker als ein Stück Packpapier, stellten, wie die Mutter immer wieder betonte, einen besonderen Wert dar.

Nie hatte Marie damit spielen dürfen, nicht mit Eva und nicht mit Adam, auch nicht mit dem Elefanten, dem Löwen oder der Giraffe.

»Nur anschaun«, hieß es, so lange sie denken konnte, »nicht anfassen.«

Auch wenn sie allein war, hatte sie sich nie getraut, die von der Mutter bestimmte Anordnung zu verändern.

Um so öfter stand sie vor dem Tischchen und brachte es fertig, die kleinen Figuren so lange anzustarren, bis sie sich langsam bewegten. Natürlich nicht alle. Soviel Kraft brachte Marie nicht auf. Aber eine oder zwei waren es immer, die plötzlich ihre Position veränderten. Erst zitterten sie leicht, dann hoben sie den Kopf, bewegten die Beine und wandten sich Marie zu, als warteten sie auf deren Befehle.

»Wachsen!« befahl dann Marie. Mit aufgeblasenen Backen und zugekniffenen Augen blies sie, wie einst Gott am Tag der Schöpfung, dem Löwen, dem Affen oder anderen Tieren, die sie sich dazu auserwählt hatte, ihren kurzen Kinderatem in die Nase. Es funktionierte fast immer, die Tiere wuchsen.

Ohne die anderen Zinnfiguren umzuwerfen, sprangen sie vom Mahagonitischchen.

Dann lief Marie in den Salon, um auf der Truhe zu rutschen oder in die Speisekammer, um Honig mit dem Löffel zu naschen, oder sie wusch sich im Badezimmer der Mutter mit der teuren, parfümierten Seife die Hände. Sie glitt im Flur das Geländer hinunter oder stahl sich auf den Turm, um von dort aufs Zwischendach zu klettern, während Löwe, Elefant, Giraffe oder Affe ihren Ungehorsam beschützten.

Nur Adam und Eva verhalf Marie nie zu Größe und Leben, auch nicht der Schlange, die sie fürchtete und die sie lieber winzig klein und in Zinn gegossen auf dem Mahagonitischchen zurückließ.

An diesem Tag, in diesen Stunden des Chaos, der Klagen und Angst mutete Marie das Paradies seltsam an. Nicht einer der Erwachsenen

hielt es für kostbar genug, um es an sich zu nehmen.
»Darf ich es anfassen?« hatte Marie gefragt.
»Mach damit, was du willst, nur mitnehmen kannst du es nicht«, hatte die Mutter geantwortet.
Im Haus wurde zur Eile getrieben. Die Pferde, hörte Marie, würden vor die Wagen gespannt, das Gepäck sollte aufgeladen werden, die Zeit der Vorbereitung für den großen Treck war vorbei. Marie fand weder Zeit noch Ruhe, mit ihrem Blick die Zinnfiguren zu vergrößern oder ihnen Leben einzuhauchen. Es gab auch keinen Ungehorsam, der zu bewachen gewesen wäre. Es galt, sich Besseres auszudenken und vor allem, es mußte rasch gehen. Eine Metallschachtel war schnell gefunden, auch der gelbliche Billrothbatist, der im Medizinschrank lag und der bei Umschlägen um Brust oder Hals über die nassen Tücher gebunden wurde. Marie wußte sich zu helfen, hatte aufgepaßt und verstanden, von was die Erwachsenen seit Tagen sprachen. Was versteckt oder vergraben werden sollte, mußte vor Rost bewahrt werden.
Marie hatte nur eins im Sinn, das Paradies sollte das Haus beschützen, und die Russen durften es nicht finden.
Die Turmtür klemmte wie immer. Die Treppe kam ihr steiler vor als sonst, bis sie begriff, daß es die ungewohnte Kleidung war, die sie behinderte: der Rock über der Trainingshose,

der Mantel und die Pullover, die sie auf Anweisung der Mutter übereinander gezogen hatte. Marie schwitzte, als sie endlich auf dem schrägen Flachdach zwischen Turmwand und Giebelwalm stand.
Eisiger Ostwind, der von den polnischen Wäldern herüberfegte und die Geräusche mitbrachte: das Knarren der Räder im Schnee, das Hü und Ho, mit dem die Gespanne in Richtung Westen getrieben wurden. Auch das Brüllen der Kühe war selbst noch hier oben zu hören, und Marie sah, wie auf dem Gutshof die Pferde aus den Ställen geführt wurden, während die polnischen Knechte tatenlos zusahen. Sie kümmerten sich auch nicht um das Vieh. Sie redeten nicht einmal miteinander. Sie standen mit verschränkten Armen, breitbeinig und ihrer Sache sicher da.
Marie hörte, wie man vor dem Portal nach ihr rief. Wenn sie nicht rechtzeitig wieder hinunterkam, würde man vielleicht ohne sie abfahren.
So schnell sie konnte, wickelte sie die Blechschachtel in den Billrothbatist, zählte die blauen Dachschindeln ab, merkte sich die Zahl, hob eine Schindel hoch und drückte das flache Päckchen zwischen Dachlatte und Sparren, so daß es auch von der Innenseite nicht zu sehen war. Und weil sich Marie noch immer nicht ganz sicher war, ob nicht Polen oder Russen das Paradies finden könnten, schlug sie das Kreuz über ihr Versteck und

murmelte: »Im Namen des Vaters, des Sohnes und des heiligen Geistes, Amen.«
Keine Träne, kein letzter Blick vom Dach des Elternhauses auf die Felder und Wälder oder auf den Park mit den ausladenden Platanen, den Eichen und der alten Linde. Kein Abschied, nur Eile, mit der Marie in letzter Minute auf den Wagen vor dem Schloß zwischen die Decken und Pelze kletterte.

Die Turmtür klemmte wie immer. Janusz brauchte sein ganzes Gewicht, um sie zu öffnen. Als er dann endlich zwischen Turmwand und Giebelwalm stand, atmete er tief ein. Es roch nach geschnittenem Korn. Auf den Schlägen zwischen Schloß und den Wäldern am Horizont tuckerten drei Mähdrescher, die mit unvorstellbarer Geschwindigkeit die Felder leer räumten. Mit Traktoren wurde das Korn in die Magazine gefahren, durch das Trockengebläse gejagt, um dann mit den gleichen Traktoren in die Stadt zum Bahnhof gefahren zu werden. Der ganze Himmel schien im Lärm der laufenden Motoren zu zittern. Da war nichts vom Gezwitscher der Vögel zu hören, kein Rauschen in der hundertjährigen Linde, in deren geteiltem Stamm es sich so gut schlafen ließ.
Hier, vom Zwischendach aus, konnte Janusz nicht nur nach allen Himmelsrichtungen se-

hen, er konnte auch den Park überblicken, den Weg mit den Betonplatten, auf dem Piotr manchmal mit dem Moped entlangraste, oder den Teil des Parks, wo das Gras nicht mehr gemäht wurde, Sträucher, Bäume und Brennnessel wild wuchsen und sich nach Feierabend heimlich die Pärchen trafen.

Aber manchmal war Janusz nicht auf die Himmelsrichtungen aus, nicht auf das Einfahren der Ernte oder die küssenden Pärchen. Manchmal legte er sich platt auf den Rücken, starrte in Himmel oder Wolken und dachte nach. Dabei konnte ihn nichts stören, nicht die Traktoren, nicht die in den Platanen hokkenden Krähen und nicht die ständig gurrenden Ringeltauben.

Das tat Janusz seit jenem Tag, an dem er das Paradies gefunden hatte. Ein Sonntag im Frühling war's gewesen. Die Nacht davor hatte ein Sturm getobt.

Unzählige der blauen Flachziegel hatte es aus den Dachlatten gehoben. Was nicht zu Boden gefallen war, lag zerbrochen auf dem geteerten Zwischendach.

Die Löcher, so groß, daß ein voller Kartoffelsack hineinpaßte und die der Herr Direktor später mit roten Ziegeln ausflicken ließ, veränderten für Janusz das gewohnte Bild. Erstmals schien Sonne in den Dachstuhl und verjagte dadurch nicht nur die Fledermäuse, sie warf auch ungewohnte Schatten in den Staub. Plötzlich war da ein Stoffetzen zu erkennen,

der hier nicht hergehörte. Kaum hatte Janusz ihn berührt, da zerfiel er auch schon, und zum Vorschein kam eine Blechschachtel.
Janusz fand sie in Schulterhöhe zwischen Dachlatten und Sparren eingeklemmt, von irgend jemandem hier versteckt und nun durch den Sturm zutage befördert. Es klapperte in der Schachtel, die schwer zu öffnen war. Der Rost hatte sich hineingefressen, und Janusz arbeitete an dem Kästchen wie besessen von dem Gedanken, einen Schatz gefunden zu haben. Einen Schatz der Deutschen, von denen die Babka immer wieder erzählte, obwohl ihr kaum noch jemand zuhörte.
Endlich klappte das Deckelchen auf, und Janusz holte staunend eine Figur um die andere heraus. Nicht eine war beschädigt. Zierlich und flach, wie sie waren, fand Janusz so schnell keinen Platz zwischen den zerschlagenen Dachschiefern, um aufzustellen, was er da gefunden hatte. Also schuf er sich mit bloßen Händen zu seinen Füßen einen Halbkreis, groß genug, daß jedes Tier, vor allem aber Adam und Eva, richtig zur Geltung kamen. Immer wieder wählte er neue Positionen, gab Adam den Löwen zur Seite, während er Eva mit der Schlange allein am Baum stehen ließ. Aber dann tat sie ihm leid, und er gesellte zu ihr den Löwen, damit der die Schlange vernichten könnte, und rückte neben Adam ein sich bäumendes Wildpferd, auf dem notfalls die Flucht zu ergreifen war. Unermüdlich

arbeitete in Janusz die Vorstellung, wie man der göttlichen Vertreibung Adams und Evas nur eines Apfels wegen zuvorkommen könne. Gemessen an dem Obst, das er selbst schon geklaut hatte, fand er die Strafe des Herrn an den beiden zu hart.

Das war der Augenblick, wo Janusz sich auf den Rücken legte, Tiere, Bäume, Adam und Eva neben sich aufgebaut, um über die von Gott gewollte Vertreibung nachzudenken.

Schließlich war es ja nicht bei Adam und Eva geblieben. Die Babka, die in Sachen Vertreibung Spezialistin war, hatte unzählige Geschichten davon parat. Einige erzählte sie laut, andere leise und hinter vorgehaltener Hand.

Zu den lauten gehörte in erster Linie ihre eigene, nämlich wie sie ein knappes Jahr nach dem Überfall der Deutschen auf Polen mit allen Bewohnern des Dorfes Domnik von einer Stunde auf die andere von ihren alteingesessenen Höfen vertrieben worden waren. In die Zwangsarbeit hatte man sie geschickt, andere in die Konzentrationslager oder in den Tod. Nie vergaß die Babka dabei den alten Staszak zu erwähnen, denn der hatte das Unrecht nicht eingesehen und war deshalb in Gegenwart von Frau und Söhnen auf der Stelle abgeknallt und danach auf den Misthaufen geworfen worden. Weitaus kürzer berichtete die Babka von der Vertreibung der Deutschen im Jahre 1945. Da hatte sie die Einzelheiten vergessen. Gerade die Kälte war ihr noch im Gedächtnis geblieben, bei der sich die Deutschen mit Mann und Maus auf den Weg machen mußten, an das Vieh erinnerte sie sich, das in den Ställen oder im Schnee verreckt war und an die rote Armee, die dann Einzug hielt.

Und hinter vorgehaltener Hand und nie in Gegenwart des Herrn Direktor oder dessen Frau verriet sie dem, der es wissen wollte, wie es den Ostpolen ergangen war, von den Sowjets vertrieben und hierher verpflanzt, wo sie nie etwas zu suchen gehabt hätten.

All das ging Janusz durch den Kopf. Ob er wollte oder nicht, seine Gedanken kehrten immer wieder zu der Person zurück, die hier, offensichtlich kurz vor der eigenen Vertreibung, das Paradies versteckt hatte. Eine Person also, die auf Rückkehr hoffte, deutsch war und mit deren Wiederkommen Janusz Gefahr lief, seinerseits von Haus und Hof vertrieben zu werden, fort wie Adam und Eva aus dem Paradies, Gott weiß wohin. Der Gedanke war so schrecklich, daß sich manchmal alles, was Janusz um sich herum sah, in milchigem Nebel auflöste, ganz so, als sei er plötzlich blind geworden. Nur das aufsässige Gurren der Wildtauben blieb, das Tuckern der Traktoren auf den Feldern, das Lachen der Dorfkinder im Park und das Geschnatter der Gänse, die jemand über die Gasse zum Teich trieb. Er hörte die Stimme des Vaters auf dem Hof und erkannte am Motorengeräusch das Auto des Herrn Direktor. Janusz hörte alles und sah nichts, so sehr er die Augen auch aufriß.

Erst wenn er wie in Panik um sich schlug, wurden die Dinge wieder sichtbar. Zuerst der Turm und das vom Sturm beschädigte und inzwischen reparierte Dach über dem Schloß, in dem Janusz wohnte und wo jedes Eckchen sein Zuhause war. Endlich konnte er wieder über den Bäumen des Parks die an der Dorfstraße liegenden Häuser sehen, sah den alten Perka krummbeinig über seinen Hof schlurfen, sah Józef Staszak auf seinem Motorrad nach Nowawieś zu den Schafställen fahren. Und dort drüben war der Kiosk, an dem die Babka Tag für Tag mit den anderen Frauen vom Dorf mittags Schlange stand, um frisches Brot zu holen. Dann wickelte sie die noch warmen Laibe in ihre Schürze, und wenn sie nach Hause kam und die Treppe hinaufstieg, roch oft der ganze, zwei Stockwerk hohe Flur danach. Nichts blieb im Nebel zurück, alles rückte wieder an seinen angestammten Platz, und Janusz atmete auf. Noch einmal ein prüfender Blick in die Himmelsrichtungen, an das Ende des Dorfes, an das Ende der Felder und hinüber zur vier Kilometer entfernten Stadt, deren Kirche einen Kirchturm hatte, der Janusz's Meinung nach der höchste der Welt sein mußte.

Danach packte er das Paradies wieder ein. Er ließ sich Zeit, ließ erst Adam und Eva in der

Blechschachtel verschwinden, dem folgten der brüllende Löwe, das Wildpferd, die Affen und Elefanten, von denen es zwei gab, die Gazellen, Giraffen, Palmen und zum Schluß die Tiere und Bäume, die Janusz aus der heimischen Natur kannte: ein schnürender Fuchs, Rehe und ein wunderschön radschlagender Pfau, Rosengesträuch und feinziselierte Tannenbäume.

Als Janusz das Paradies gefunden hatte, war er sofort zur Babka gelaufen. Die saß wie immer am Fenster, ließ sich in ihrer Wache nicht stören, die alten Augen fest auf die Einfahrt zum Schloß gerichtet.

»Ich muß dir was zeigen«, sagte Janusz und ließ den Inhalt des Blechkästchens scheppern. »Etwas, was du noch nie gesehen hast.«

Die Alte rührte sich nicht und sagte nur: »Wenn du frisches Brot haben willst, schneid dir einen Kanten ab.«

Janusz wollte kein Brot. Wütend, daß die Großmutter so wenig Notiz von dem nahm, was er ihr prophezeite, riß er das Kästchen auf. Und weil ihr Blick immer noch geradeaus über den Park hinweg die Gasse zum Kombinat kontrollierte, baute Janusz schnell und ordentlich wie ein Regiment Soldaten die Figuren des Paradieses der Großmutter vor die Nase aufs Fensterbrett. Da machten sie sich ebenso fremdartig aus wie oben auf dem Zwischendach.

Janusz drückte seine Finger so fest in die vom

Alter dünn gewordenen Arme der Großmutter, daß er selbst glaubte, den Schmerz zu spüren.

»Das Paradies«, flüsterte er. »Ich habe es oben auf dem Dach zwischen den Dachsparren gefunden.«

Langsam wand sich die Großmutter aus dem Griff des Enkels, rieb den schmerzenden Arm und ließ endlich ihren Blick über das Fensterbrett gleiten.

»Auf dem Dach?« fragte sie. »Du sagst auf dem Dach?«

Die gichtigen Hände der Babka hatten Mühe, nach einem der zierlichen Gebilde zu greifen, ohne das nächststehende umzuwerfen. Alle wollte sie anfassen, wog sie zwischen ihren krummen Fingern, und Janusz fürchtete einen Augenblick, die Großmutter würde sie aus dem Fenster werfen. Ihr ganzer Körper straffte sich schon, und ihr Gesicht bekam einen Ausdruck, den Janusz nicht kannte. Sie stapelte die Figürchen alle übereinander in eine Hand, obenauf Adam und Eva.

Wenn sie jetzt mit Gewalt zudrückte, dachte Janusz, die Äste von den Bäumchen brach, der Giraffe den Hals, Eva vom Baum der Erkenntnis trennte und damit das Paradies zunichte machte, was dann?

Immer heftiger bereute Janusz, seinen Fund der Großmutter gezeigt zu haben. Sie schien ihn nicht wieder hergeben zu wollen und schloß jetzt tatsächlich die Faust, wenn auch ohne die befürchtete Kraft. Es wirkte eher, als müsse sie das Paradies vor ihren Augen verbergen. Janusz hörte, wie die Babka plötzlich stöhnte und erschrak über das Zucken in ihren Mundwinkeln.

Eigentlich hatte er erwartet, daß sie etwas sagte, zumindest aber die kleinen Figuren bewunderte. Statt dessen wackelte sie mit dem Kopf und schien alles andere vor Augen zu haben, nur nicht das Paradies.

»Es gehört den Deutschen«, sagte sie schließlich nach einer endlos langen Pause. »Gar nichts gehört den Deutschen«, schrie Janusz außer sich und enttäuscht über die Babka. »Mir gehört es, mir ganz allein.« In seinem Zorn riß er der Großmutter alle Figuren aus der Hand und stopfte sie wieder in die Blechschachtel, lief zurück auf das Zwischendach und steckte das Paradies dahin zurück, wo er es gefunden hatte, zwischen Dachlatten und Sparren.

Das alles war Monate her, und die Babka hatte nie wieder nach dem Paradies gefragt, auch nicht, als es nun hieß, daß jeden Tag mit der Ankunft der Deutschen zu rechnen sei.

Janusz hatte schon öfters Besuche von Deutschen im Dorf erlebt, hatte mit anderen Kindern stumm zugesehen, wie die Fremden bei ihren Stippvisiten durch die Stuben und Ställe der Höfe schlichen, von denen man sie vertrieben hatte.

Fein sahen sie allemal aus, die Frauen, viel feiner und reicher als die Frauen im Dorf, trugen teure Kleidung und städtisches Schuhwerk. An ihren Armen baumelten große Handtaschen, aus denen sie Dosen mit Pulverkaffee holten, Kaugummi, Nylonstrümpfe und weiße Schokolade, mit der sie den Kindern die Mäuler zustopften. Ein ums andere Mal schlugen sie die Hände über den Köpfen zusammen, zeigten auf allerhand Nebensächlichkeiten, die sie wiederzuerkennen glaubten, fotografierten, und von den Älteren weinten schon mal diese oder jene. Es kam auch vor, daß sich jemand eine Hand voll Erde aus dem Vorgarten eines Hauses ins mitgebrachte Säckchen füllte, Erde, die manche deutschen Grund und Boden nannten.

Wieso deutsch, fragte sich Janusz, nachdem ihm die Worte übersetzt worden waren, für mich ist das polnischer Grund und Boden.

Trotzdem hatten sich außer den Alten die Dorfbewohner mit den Jahren an diese kurzen Besuche gewöhnt, luden die Deutschen zu Kaffee und Kuchen oder Wodka in die Stuben ein, ließen sie fotografieren, was sie fotografieren wollten, störten sich nicht an den Säckchen, in denen sie Erde mitnahmen und gaben, wenn eine Verständigung möglich war, bereitwillig Auskunft. Waren sie wieder abgefahren, die früheren Dorfbewohner, ging jeder an seine Arbeit zurück, und der Besuch wurde genauso schnell wieder vergessen, wie er unversehens gekommen war.

Für Janusz war diesmal die Situation eine andere, und das lag am Paradies. Mit der Ankunft dieser Deutschen glaubte er seinen Besitz bedroht, und die Frage, wem hier was gehörte, ging ihm nicht aus dem Kopf, auch wenn die Eltern wohl kaum auf die Idee kämen, ihm das Paradies wegzunehmen, um es der Deutschen als Andenken zu schenken.
Janusz lag ganz still auf dem Rücken, starrte in den blauen Himmel und auf das blaue Dach, in dem die roten Ziegel ein seltsames Muster ergaben, das Janusz schon ebensogut hätte nachzeichnen können, wie die Ornamente auf den Kacheln des Ofens im Fernsehzimmer.
Den Himmelsrichtungen gönnte er keinen Blick, auch nicht dem Park und dem Dorf. Das alles hatte er im Kopf, und es bedurfte keiner Kontrolle. Vielmehr sann er darüber nach, ein neues Versteck für das Paradies zu suchen. Vielleicht sollte er ein Loch im Park graben, es zwischen das Bettzeug legen oder im Heu der Scheune einen sicheren Platz suchen. In Gedanken durchwanderte er das ganze Schloß und kam dabei auf die absurdesten Schlupfwinkel.

Als Marie von der Kreisstadt kommend in die Chaussee einbog, die, vier Kilometer lang, ins Dorf führte, erschrak sie. Auf den ersten Blick waren zwar die Häuser zu sehen, aber nicht der Turm des Schlosses. Den sah sie erst auf den zweiten Blick. Als sei er geschrumpft oder während der vier Jahrzehnte in die Erde gerutscht, überragte er nicht mehr die Bäume des Parks, sondern schimmerte nur mühsam erkennbar durch die mächtigen Kronen der Eichen und Platanen.

Nichts erinnerte mehr an das zu pompös geratene Schloß, das Maries prunksüchtige Urgroßmutter hatte bauen lassen und nach dessen Glanz jetzt die Urenkelin vergeblich Ausschau hielt.

Es war nicht das Auto mit dem westdeutschen Kennzeichen, das im Dorf auffiel, es war die nicht mehr junge Frau, die da plötzlich, von einigen Kindern in respektvollem Abstand begleitet, ohne Eile die Hofgasse entlang zum Schloß ging. Ihre Schritte hatten einen schleppenden Rhythmus, und ihre rechte Hand berührte in immer kürzer werdenden Abständen den rissigen Mörtel der Mauer, die den Park von der Gasse trennte.

Erst glaubten die Kinder, die Frau müsse sich stützen, verlöre langsam das Gleichgewicht oder fände in ihren städtischen Schuhen zwischen dem Kopfsteinpflaster keinen Halt. Dann begriffen sie aber, daß der Frau keineswegs schwindlig war, sondern daß sie im Takt ihrer Schritte etwas abzählte, was auf der Mauer zu suchen sein mußte. Also folgten sie dem Beispiel, entdeckten aber nichts.

Woher sollten sie auch wissen, daß Marie nur

einen Kindervers aufsagte. Einen, der ihr im Krieg untersagt worden war, erst recht, als der Vater in der Uniform eines Majors auf Fronturlaub kam. Nur Marie vergaß das Verbot, sang trotzdem mal laut, mal leise den alten Abzählreim vor sich hin, den sie jetzt im Geiste herunterleierte und jeweils beim letzten Wort mit der Hand auf die Mauer tippte:

...Edelmann, Bettelmann, Doktor, Pastor,
König, Bauer, Lump, Major.

Hatte sie zehnmal den Reim heruntergerattert, wußte sie mit geschlossenen Augen, daß sie am Ende der Parkmauer angelangt war.

Aber ihre Schritte waren länger geworden, und bevor sie den zehnten Major in sich hineingemurmelt hatte, war das Ende der Mauer längst erreicht.

Marie blieb stehen, sah sich um und in die neugierigen Gesichter der hinter ihr stehenden Kinder. Wie sie kicherten und sich gegenseitig anstießen, das machte Marie verlegen. Um sie loszuwerden, holte sie aus ihrer Tasche Bonbons, die sie ihnen wortlos in der Hoffnung anbot, daß sie sich davonmachten. Doch die Kinder dachten nicht daran, kicherten noch lauter, kamen noch dichter, umringten sie, die Großen vorne, die Kleinen hinten, ganz versessen auf die Tasche, in der sie noch mehr Süßigkeiten vermuteten.

»Haut ab«, sagte Marie. »Verschwindet, so schnell wie's geht!«

Die Kinder blieben, lächelten und bewegten

sich mit ihr Schritt für Schritt schweigend vorwärts. Auch miteinander sprachen sie kein Wort, verständigten sich nur mit Blicken oder mit diesem jetzt nur noch leise hörbaren Gekicher. Ihre kleinen Körper berührten Marie immer öfter, streiften ihren Rock, ihren Arm, drängelten sich um sie herum wie junge Katzen, nur auf Bonbons aus.

Marie wurde diese Nähe unerträglich, noch mehr diese kleinen rauhen Hände, die die Kinder immer ungenierter ausstreckten, die Gesichter, aus denen das Lächeln nicht wich, und diese Münder, aus denen kein Wort kam.

So warf sie mit einem Mal alle Bonbons, die sie besaß, im hohen Bogen und so weit weg wie möglich auf die Gasse. Im selben Augenblick ließen sich alle Kinder zu Boden fallen und pickten unter Geschubse und plötzlichem Gekreische die Süßigkeiten zwischen den Pflastersteinen weg.

Marie sah ihnen nicht zu. Sie nutzte die günstige Gelegenheit, unbemerkt um die Ecke der Parkmauer und damit aus dem Blickfeld der Kinder zu gelangen.

Jetzt lag das Schloß vor ihr, grau und ramponiert, ohne Blumen auf dem Mäuerchen entlang der Einfahrt. Die Veranda, die zum Eßzimmer gehörte und nach Norden lag und auf der während der heißen Sommertage der Nachmittagstee getrunken wurde – die Veranda war weg und die Tür zum Eßzimmer zugemauert. Auch andere Fenster waren verschwunden. Ins Souterrain führten neu geschaffene Eingänge, die das gewohnte Bild durcheinander brachten.

Auch die Kastanie, unter der Marie als Kind oft gespielt hatte, fehlte, ebenso das Tor, das früher Fremde davon abhielt, den Park zu betreten.

Jetzt konnte hier jeder rein, durfte nach Lust herumlaufen, wo er wollte, auch Marie. Aber sie machte keinen Gebrauch davon, noch nicht, fürchtete die Kinder, die gleich wieder hinter der Mauer hervorkommen konnten, um sich an ihre Fersen zu heften.

Von Erwachsenen keine Spur.

Die Tür des Portals, früher von Maries Vater stets verschlossen, stand offen.

Eine Klingel war nicht zu finden, und die Zacken der schmiedeeisernen Krone über den Initialen der prunksüchtigen Urgroßmutter mußte jemand vor Jahr und Tag abgesägt haben. Nur das Ächzen der Türangeln war das gleiche geblieben.

Marie schlug ein fremder Geruch entgegen. Hier roch es nach abgestandenen Suppen und Kohl, nach billigen Putzmitteln und etwas, was Marie sich nicht erklären konnte, das sie als muffig empfand und für das sie jetzt die im Schloß wohnenden Polen verantwortlich machte.

Kein Teppich führte vom Entree die Stufen zum Flur hinauf, kein Bild hing an den Wän-

den, kein Schrank, keine Truhen füllten die Nischen. Marie glaubte das Echo ihres Atems zu hören. Ihr Blick kroch über die senfgelbe Ölfarbe, mit der sogar die kleinen Putten im oberen Wandbogen angepinselt waren.
Hier sah sie nichts, was noch etwas mit der Vergangenheit zu tun hatte.
Statt endlich in die Erinnerung zurückzubringen, was im Lauf ihres Lebens auf der Strecke geblieben war, schien alles für immer in dieser senfgelben Ölfarbe versunken zu sein. Marie wagte keinen Schritt vorwärts, bevor sie nicht auf der Stelle ihr Gedächtnis in Ordnung gebracht hatte.
Aber auch hinter den geschlossenen Lidern rückten sich die Bilder der Vergangenheit nicht zurecht. Es blieb bei der Leere, dem Mief und der Ölfarbe. Ein Geräusch kam hinzu, ein Rascheln, ein Gleiten, ein Hopsen.
Marie wußte sofort, jemand rutschte das Treppengeländer herunter, wahrscheinlich mit ausgebreiteten Armen, so, wie sie früher mit ausgebreiteten Armen abwärts geglitten war. Ein Junge stand vor ihr.
»Ich habe keine Bonbons mehr«, sagte Marie, ohne daß Janusz ein Wort von dem, was sie sagte, verstand. Zu breitbeinig für seine Größe baute er sich vor ihr auf und sagte: »Jestem Janusz.« Was soviel heißt wie: Mein Name ist Janusz.
Leicht fiel ihm das nicht. Knallrot wurde er

dabei, und es hätte nicht viel gefehlt, daß er davongelaufen wäre, quer durch den Flur zur Hintertreppe.
Marie sagte die einzigen beiden Worte, die sie auf polnisch konnte: »Dzień dobry.« Guten Tag.
Danach entstand eine Pause, in der sich beide unabhängig von ihrem Altersunterschied und ihrer Nationalität insgeheim fragten, wer hier eigentlich zu Hause sei. Sie betrachteten sich stumm, ganz und gar unschlüssig, was sie weiter sagen oder tun sollten.
Janusz's Beine rutschten noch ein klein wenig mehr auseinander. Am liebsten hätte er noch beide Arme seitlich ausgestreckt. Aber das zu tun, traute er sich nicht. Ehrlich gestanden hoffte er, daß seine Haltung der eines Polizisten ähnelte und die Frau davon abhielt, näher zu treten.
Und Marie? Ihr polnischer Gruß war unerwidert geblieben. Dieser Junge, nicht älter als sie damals zum Zeitpunkt der Flucht, verwirrte sie in seiner unübersehbaren Ablehnung. Offensichtlich glaubte er, ihr den Eintritt ins eigene Elternhaus verwehren zu müssen, war voller Feindschaft und von den Erwachsenen aufgehetzt.
Wie sollte sie ihm klar machen, daß ihr Besuch nur der Vergangenheit galt: den ersten zehn Jahren ihres Lebens und dem Wiederfinden einer alten Blechschachtel?
»Weißt du«, sagte sie freundlich und leise auf

deutsch, »ich möchte nichts anderes als durch mein Elternhaus gehen, durch die Küche, die Flure und Zimmer, über die Treppe hinauf in den Turm und von dort auf das Zwischendach, wo ich als Kind das Paradies versteckt habe.«

Während sie sprach, war sie lächelnd und mit ausgestreckter Hand auf Janusz zugegangen, um ihn zu streicheln und versöhnlich zu stimmen. Janusz hatte mit dieser Geste nicht gerechnet, nicht mit dieser unerwarteten Herzlichkeit.

Obwohl er kein Wort verstand, wich er nicht zurück, sondern zeigte sich fast schon bereit, seinerseits die Hand auszustrecken, als das Wort Paradies fiel, das im deutschen wie im polnischen gleich klingt.

Es fuhr Janusz in die Ohren und löste dort Alarm aus. Seine Gedanken überschlugen sich. Er wußte sofort, daß ihm keine Zeit blieb. Er mußte, ob er wollte oder nicht, zum Angriff übergehen oder das Paradies kam ihm abhanden.

Aber was ihm auch einfiel, mit seinen zehn Jahren würde jedes eigenmächtige Handeln die Schelte des Herrn Direktor oder eine Strafe des Vaters zur Folge haben.

Blieb also nur die Babka, die Tag für Tag am Fenster auf Fremde lauerte und nun, wo eine da war, deren Ankunft verpaßt und statt der Einfahrt zum Kombinat den Schlaf im Auge gehabt hatte.

Janusz schrie. Er schrie so laut nach der Großmutter, daß sich seine Stimme an den Wänden brach, das ganze Treppenhaus erfüllte und Marie aus der Tür des Portals trieb. Draußen warteten inzwischen doppelt soviel Kinder wie zuvor, immer noch stumm, lächelnd, bereit ihr nachzulaufen, egal wohin sie sich wandte. Nur ins Schloß wollten sie ihr nicht folgen, wo das Gezeter von Janusz noch immer kein Ende genommen hatte.

Marie entschloß sich, ums Haus zu gehen, hinein in den Park – die Kinder mit immer dem gleichen Abstand hinter ihr her.

Auch auf der Gartenseite fehlte die große, zweiseitige Veranda. Der Wintergarten mit seinen hohen, gläsernen Fenstern war abgerissen, und statt dessen führte über eine neue Treppe ein häßlicher Eingang direkt ins ehemalige Damenzimmer. Das Schloß wirkte wie ein lächerliches Überbleibsel aus besseren Zeiten.

Ein einziges Mal war Marie um das Schloß herumgelaufen, dann stand sie wieder vor der Portaltür. Sie fühlte sich in einen Zustand der Dumpfheit versetzt, der sie unfähig machte, auch nur den kleinsten Entschluß zu fassen. Sie saß auf dem abbröckelnden Mauerende der Einfahrt und blieb dort sitzen, bis ein Auto vorfuhr und eine füllige Frau ausstieg. Allein mit einer Handbewegung gelang es ihr, die Kinder wegzujagen. Sie hob nur die Hände, wischte damit durch die Luft, und

schon stoben die Kinder um die Ecke und davon.
»Entschuldigen Sie«, sagte die Frau mit starkem Akzent, »aber ich habe Sie in der Verwaltung erwartet. Das Clubhaus hier wird nur abends benutzt.«
»Clubhaus?«
Die Frau lächelte höflich, gab Marie die Hand und stellte sich als die Frau des Kombinatsdirektors vor. Ihr unterstehe das Clubhaus, sagte sie, und wenn Marie es wünsche, könne sie es sich ansehen.
Mit keinem Wort erwähnte die Frau Direktor, daß es sich hier um Maries Elternhaus handelte, sie fragte auch nicht nach dem Verlauf der Reise und auch nicht nach Maries Schwestern Laura und Anna, die beide schon einmal nach dem Krieg hier gewesen waren. Sie klimperte nur mit einem großen Schlüsselbund, der zwischen ihren dicken Fingern hing, und ging ohne Maries Zustimmung oder Ablehnung abzuwarten voran ins Haus.
Schon allein wie selbstverständlich sie mit den Schlüsseln hantierte, die Stufen zum Flur hinaufstieg, wie ihr Hintern schwankte und die Türöffnung ausfüllte, als sie den ehemaligen Salon betraten, das machte Marie zornig.
Alle Zimmer waren mit dieser häßlichen Ölfarbe gestrichen, während in Schulterhöhe eine primitive Holztäfelung angebracht war. Kein Fleckchen Teppich lag auf dem Fußboden, und an den Wänden hingen in merkwür-

dig angeordneten, großen Buchstaben politische Parolen. Mehrere viereckige Tische, mit dünnen Holzplatten und Stahlrohrbeinen versehen, standen herum, dazu Stühle mit roten Plastikbezügen.

Die Frau Direktor nannte das ganze Café-Stube und sah dabei zufrieden von einem leeren Tisch zum anderen.

Ganz gegen ihren Willen begann Marie, leise zu schildern, wie dieser Raum früher ausgesehen hatte, erwähnte die Vitrine mit den wertvollen Antiquitäten aus dem jahrhundertealten Familienbesitz. Marie beschrieb die Bilder, die kleinen Barocktische, die Truhe aus Ebenholz mit den Efeublättern aus Perlmutt, das Kanapee und die Marmorputten auf dem Kaminsims, deren Haltung ihr plötzlich wieder einfiel. Marie ließ es nicht an Genauigkeit fehlen und verstummte erst, als die Frau Direktor sie unterbrach.

»Entschuldigen Sie«, sagte die Frau kühl, »das hier ist jetzt ein Haus, das dem Dorf gehört. Da brauchen wir keine Kanapees, keine Truhen aus Ebenholz, und schon gar nicht Vitrinen. Wir brauchen Tische und Stühle, auf denen die Leute sitzen können, um sich ihre Bücher anzusehen, die sie sich in der Bibliothek geholt haben.«

Sie führte Marie vom ehemaligen Salon in das ehemalige Eßzimmer, das statt mit dem großen ovalen Tisch und den hochlehnigen, prächtigen Stühlen möbliert, jetzt mit Bü-

cherregalen vollgestellt war. Auch hier hingen Parolen an den Wänden, und wo früher das große Büfett stand, entdeckte Marie jetzt einen mickrigen Schreibtisch, an dem die Aus- und Rückgabe der dreitausend Bände registriert wurde.
So erklärte es die Frau Direktor, und ihr Gesicht drückte dabei so viel Freude aus, daß Marie mit keinem Wort mehr auf früher zu sprechen kam. Besonderen Spaß machte es der Frau Direktor, Marie den Saal zu zeigen, in dem vor dem Krieg Bälle und große Diners stattgefunden hatten und der jetzt der Dorfjugend zur Verfügung stand. Es gab keinen Raum im Schloß, der nicht irgendeiner Funktion diente, wenn auch einer ganz anderen als zu Zeiten von Maries Kindheit.
»Ich möchte auf den Turm«, sagte Marie schließlich.
»Auf den Turm?« fragte die Frau Direktor verwundert. »Dort gibt es nichts zu besichtigen, warum wollen Sie ausgerechnet da hinauf?«
»Nur so«, antwortete Marie, »ich wünsche es mir.«
Da verlor die Frau Direktor das Interesse, Marie mehr zu zeigen. Sie öffnete nur noch wortkarg und in ihrem behäbig schaukelnden Gang diese und jene Tür. Da sie nichts mehr erklärte, und Marie auch nichts fragte, bekam die Besichtigung unversehens den Charakter einer Kontrolle.
Als Marie schließlich im oberen Stock den

langgestreckten Raum mit den Bauernstühlen und dem schweren Holztisch betrat, an dem der Herr Direktor seine Gäste zu bewirten pflegte, konnte Marie ihren Spott nicht mehr zurückhalten.

»Das hier«, sagte sie, »das hier war früher eine Rumpelkammer. Hier standen Truhen mit alten Uniformen. Nicht mehr zu benutzendes Porzellan, Weihnachtsschmuck und ausrangierte Möbel wurden hier aufbewahrt.«

Marie begann plötzlich zu lachen. Nicht laut, mehr tonlos, aber es wäre vielleicht in ein echtes Lachen umgeschlagen, wenn nicht plötzlich Janusz in der Tür gestanden hätte.

Er haspelte etwas herunter, was ihm wohl aufgetragen worden war. Nur schien die Frau Direktor damit nicht einverstanden zu sein. Sie schüttelte den Kopf und wollte den Jungen aus der Tür schieben. Aber der ließ sich nicht abweisen, zeigte ohne Marie anzusehen mit dem Finger auf sie und wiederholte alles, was er schon einmal gesagt hatte.

»Was will er denn?« fragte Marie.

»Seine Großmutter«, sagte die Frau Direktor, »die kennt Sie von früher und möchte Sie begrüßen.«

»Mich?« Marie war verlegen, sah auf die Uhr und mochte sich jetzt nicht auf einen Gang ins Dorf einlassen. Aber ehe sie sich eine Ausrede zurechtlegte, öffnete der Junge schon die Tür und ging den Flur voran in das ehemalige blaue Zimmer.

Auch dieser Raum war kaum wiederzuerkennen. Nichts mehr von blauer Blumentapete und blauen Vorhängen. Die Wände waren gelb gestrichen und ähnelten eher dem Flur einer Mietswohnung. Gestickte und gehäkelte Kissen auf dem Sofa, eine Kristallschale auf dem Tisch, Blumenständer, Deckchen und eine große Puppe, die in farbenfrohem Taft auf einem Bett thronte, zeugten von einer Gemütlichkeit, die auf Marie fatal wirkte.
Zwischen Tisch und Sofa stand klein und krumm eine alte Frau, deren hageres Gesicht sich aus einem zu großen Kopftuch heraus dem Gast zuwandte.
»Ich kenne Sie nicht«, sagte Marie verlegen, nachdem sie gegrüßt hatte, und fügte entschuldigend hinzu, daß sie ja damals erst zehn Jahre alt gewesen sei.
Die alte Frau verzog keine Miene. Wie aus dem Boden gewachsen stand sie da im ehemaligen blauen Zimmer, von dem nur noch die Fensterrahmen, die Länge und die Breite des Raumes mit früher vergleichbar waren.
»Heute ist er zehn Jahre alt«, sagte die Alte, griff nach Janusz und zog ihn zu sich heran. »Er ist hier geboren, im Schloß aufgewachsen, so wie Sie damals.«
Sie wollte noch mehr hinzufügen, Janusz ahnte es. Sie würde gern der Deutschen das Reiterbild beschreiben, den Salon mit den weißgoldenen Möbeln, das Damenzimmer, und was sie sonst noch alles in ihrem Gedächt-

nis aufbewahrt hatte. Aber die Babka kam nicht dazu. Die Frau Direktor schnitt ihr das Wort ab und sagte, wenn sich die Deutsche nicht an die Babka erinnern könne, sei eine Unterhaltung zwecklos und halte nur jeden von der Arbeit ab. Was sie beträfe, so müsse sie jetzt in die Verwaltung, wo man auf sie warte.

Die Babka war mit diesem abrupten Ende des gerade begonnenen Besuchs der Deutschen nicht einverstanden. Sie öffnete die Lippen, schloß sie wieder, schluckte und sagte: »Ich war bei Ihrem Vater Zwangsarbeiterin.«

Marie hob die Schultern und versuchte ein Lächeln, auf das die Babka nicht reagierte, sondern sie fiel in ihre Unbeweglichkeit zurück und stand wie ausgestopft mitten im Zimmer. Sie erwartete erkannt zu werden und wäre sogar bereit gewesen, noch diesen oder jenen Hinweis zu geben.

Aber die Frau Direktor hob die Hände und fuhr damit ebenso durch die Luft wie vorhin, als sie die Kinder vertrieb, und sagte: »Mich entschuldigen Sie bitte.«

Es folgte ein Händedruck ohne Herzlichkeit, ein gleichgültiger Blick, kein Aufwiedersehn. Dann wandte sie sich an Janusz und warf ihm ein paar Worte zu, die den Jungen blaß werden ließen.

Die Deutsche, so sagte sie zu ihm auf polnisch, die hätte den Wunsch geäußert, auf den

Turm zu steigen. Er wisse ja dort oben Bescheid.

Und damit ließ sie den Gast mit knappem Gruß bei der Babka zurück.

So plötzlich sich selbst überlassen, wußten weder Marie noch die Großmutter etwas zu sagen. Einem war des anderen Gegenwart nicht geheuer, und jeder überlegte, wie die ungewöhnliche Situation zu meistern sei.

Janusz war drauf und dran wegzulaufen. Aber die Babka hielt ihn am Ohr fest und zischelte etwas von einer ausgleichenden Gerechtigkeit.

Vorsichtig trat Marie ans Fenster und sah hinaus in den Park, auf die Bäume, auf die Platanen, die Eichen, die Buchen und die Linde, zwischen denen jetzt endlich Bilder aus ihrer Kindheit auftauchten, aber ebenso schnell wieder verschwanden.

Bilder, die keinen Zusammenhang hatten und auf Marie wie durcheinandergeworfene Fotos wirkten und immer nur auf die gleiche Frage zurückführten: Wo war das Paradies?

Die Babka hatte Marie Zeit gelassen. Sie hätte es wohl ungern zugegeben, aber die Deutsche tat ihr leid, wie sie mit vorgebeugtem Kopf aus dem Fenster starrte, als wenn sonst was im Park vor sich ginge.

Auch Janusz wäre eine Unterhaltung der Erwachsenen lieber gewesen, selbst wenn er sie nicht verstanden hätte.

Er machte der Babka ein Zeichen und tippte

auf sein Hemd, unter dem die Blechschachtel im Hosenbund steckte. Die Großmutter winkte ab, goß glucksend Wodka in zwei Gläser und hoffte, mit diesem Geräusch die Deutsche aus ihrer Abwesenheit zu locken. Nur half das Glucksen nichts, Marie rührte sich nicht. Janusz hätte schwören können, daß nicht einmal ihre Lider über den Augäpfeln zuckten, als die Babka auf die Deutsche zuging, in Armlänge hinter ihr stehen blieb und ihr auf die Schulter tippte.

Dabei sagte sie etwas auf deutsch: »Nicht jeder, der Glück hat, ist auch glücklich.«

Da fuhr die Deutsche herum, und es schossen ihr so unerwartet Tränen aus den Augen, daß Janusz gar nicht wußte, wo er hinsehen sollte. Er trat zurück, kam mit einem Fuß auf den Bettvorleger zu stehen, glitt darauf aus und fiel hin.

Das wäre nicht weiter schlimm gewesen, er hatte sich auch nicht weh getan.

Aber die Blechschachtel – die war ihm dabei aus dem Hosenbund gerutscht, schlug scheppernd auf den Fußboden, öffnete sich und alle Zinnfiguren, Löwe, Affe, Giraffe, Hirsch, Reh, Fuchs, Elefant, Wildpferd und was sonst noch samt Adam und Eva zu dem Paradies gehörte, breitete sich zwischen Bett, Tisch, Stühlen, den Füßen der Deutschen, Babka und ihm aus.

Es war nicht festzustellen, wer schneller war, Marie oder Janusz. Plötzlich knieten beide auf dem Fußboden, und während sich Janusz beeilte, alles, was er greifen konnte, zurück in die Blechschachtel zu befördern, bewegten sich Maries Hände ganz langsam, hielten die eine oder andere Zinnfigur ans Licht, oder sie fuhr mit dem Finger darüber. Nichts von dem, was sie aufsammelte, gab sie Janusz zurück. Im Gegenteil, sie schien zu erwarten, daß der Junge ihr jetzt die zur Hälfte gefüllte Blechschachtel reichte. Immer noch unter Tränen sagte sie: »Mein Paradies, das ist mein Paradies.«

Janusz starrte ihr ins Gesicht. Am liebsten hätte er ihr auch die restlichen Figuren aus den Händen gerissen. Jetzt machten ihn ihre Tränen nicht mehr verlegen, eher wütend, und er wandte sich an die Großmutter, die stumm, mit zwei gefüllten Wodkagläsern in der Hand neben dem Tisch stand.

»Es gehört mir«, schrie Janusz, »sag der Deutschen, daß das Paradies mir gehört.«

Und weil die Babka keine Anstalten machte, seine Worte zu übersetzen, fügte er altklug hinzu, was die Großmutter ihm, seit er denken konnte, eingehämmert hatte.

»Es ist mein Elternhaus, in dem ich das Paradies gefunden habe.«

Auch das übersetzte die Großmutter nicht. Sie wirkte auf Janusz so fremd, so unsicher, wie er sie gar nicht kannte, und einen Augenblick glaubte er schon, sie würde die beiden Wodkas allein runterkippen.

Marie hatte sich vom Fußboden erhoben und stellte die Zinnfiguren auf den Tisch, wo sie sie unentwegt hin und herschob.

»Als wir weg mußten«, sagte sie, »als ich zehn Jahre alt war – verstehen Sie – zehn Jahre alt, da habe ich diese Zinnfiguren in dieser Blechschachtel oben auf dem Zwischendach neben dem Turm unter den Schieferschindeln versteckt.«

Keine Antwort.

Statt dessen reichte die Großmutter Marie eins der Gläser, und Marie trank es aus.

Auch die Großmutter nippte an ihrem Glas. Schließlich sagte sie in ihrem schleppenden, kaum noch benutzten Deutsch: »Wie soll der Janusz verstehen, was Sie sagen, er spricht nur polnisch.«

»Sie können es doch übersetzen.«

»Aber ich will nicht«, sagte die Alte, und die vier Worte ihres Widerspruchs schienen sie viel Mühe zu kosten. Sie sah Marie nicht an, auch nicht Janusz, der darauf brannte zu hören, was die Deutsche zur Babka gesagt hatte. Sie nahm nur wortlos die Flasche in die Hand und goß Maries Glas ein zweites Mal voll. Dabei zitterten ihre Hände, und sie verschüttete den Wodka, so daß die Zinnfiguren etwas abkriegten.

»Ostrożnie!« rief Janusz warnend, und Marie griff schnell nach dem Löwen. »Ostrożnie«, ahmte sie den Jungen leise nach, hob den Löwen vor ihr Gesicht und blies ihm vorsichtig in die Nase, so wie sie es als Kind gemacht hatte. Aber der Löwe nahm nicht an Körpergröße zu. Er hob weder Pfote noch Kopf. Er blieb, was er war, eine bunt bemalte Zinnfigur, ein kleiner Löwe, der Marie nicht mehr beschützen konnte.

Die Großmutter hatte erst angenommen, Marie wollte den kleinen Löwen küssen. So sah es jedenfalls aus. Doch als die Deutsche auf das Zinn blies, wurde die Babka böse.

»Da ist nichts schmutzig«, sagte sie. »Bei mir ist es sauber, keine polnische Wirtschaft, wie Sie vielleicht denken.«

Marie ließ sich den Löwen nicht wegnehmen und hielt jetzt auch über die anderen Figuren schützend die Hand. Dann drehte sie sich unverhofft zu Janusz und gab ihm den Löwen, den er ohne zu zögern in die Blechschachtel steckte und sofort auf die nächste Figur zeigte.

Einzeln ließ er sie sich von Marie geben. Er bat nicht, er hielt ihr nur so lange seine geöffnete Hand hin, bis das ganze Paradies wieder vollständig in der Blechschachtel beisammen lag.

Alles war so schnell vonstatten gegangen, daß die Großmutter glaubte, der Höflichkeit halber eingreifen zu müssen.

»Bedank dich, Janusz«, sagte sie. »Bedank dich bei der Deutschen.«

Aber Janusz bedankte sich nicht. Ein kaum

wahrnehmbares Lächeln zog über sein Gesicht, mit dem er sich, das Paradies in der Blechschachtel unterm Hemd, aus dem Zimmer stahl.
Marie wäre dem Kind gern gefolgt, aber sie war dazu nicht fähig, hockte teilnahmslos auf ihrem Stuhl und sah schon wieder aus dem Fenster, die Wipfel der Bäume im Blickfeld, in denen wie eh und je die Ringeltauben gurrten.
Unterdessen begann die Großmutter, ohne Maries Aufmerksamkeit abzuwarten, von ihrem Schicksal zu erzählen, berichtete von ihrer Vertreibung, beschrieb ein Haus und einen Garten, Ställe und Felder, von denen man sie fortgejagt hatte.
»Und was hat das mit mir zu tun?« fragte Marie.
Die Großmutter schwieg und war plötzlich nicht mehr bereit, den soeben angefangenen Satz zu beenden. Sie klappte den Mund wieder zu und legte den Finger darauf, als habe sie jemandem zu Unrecht vertraut.
Als Janusz jetzt wieder das Zimmer betrat, sagte sie auf polnisch zu ihm: »Führ sie auf den Turm, führ sie rauf, wie es die Frau Direktor gesagt hat!« Erst dann entschied sie sich nach kurzem Zögern, Marie in polnischer Sprache zu verabschieden.
Sie sagte: »Do widzenia«, und Marie antwortete: »Aufwiedersehn.«
Janusz wählte den kürzeren Weg zum Turm, an den Arzträumen und dem holzgetäfelten

Zimmer vorbei, in dem der Herr Direktor mit Gästen zu speisen pflegte.
Als Marie merkte, wohin sie Janusz führen wollte, blieb sie stehen.
»Nein«, sagte sie, »was soll ich noch auf dem Turm?«
Janusz zeigte sich hartnäckig, griff nach ihrer Hand, obwohl ihm das peinlich war, und tatsächlich stiegen sie dann für kurze Zeit gemeinsam vereint die Stufen der Turmtreppe hinauf, bis sie auf dem Zwischendach angelangt waren.
Marie wagte weder einen Blick nach Osten, wo früher die polnischen Wälder den Horizont abschlossen, noch nach Westen, wo der Kirchturm der Kreisstadt himmelwärts über das platte Land ragte. Marie fürchtete, abermals in Tränen auszubrechen.
Da war es schon leichter, dieses Flickwerk der roten Dachziegel zwischen dem ehrwürdigen, graublauen Schiefer zu betrachten. Am wenigsten paßte das Lächeln des Jungen hierher. Er ließ ihr keine Ruhe, trieb sie mit Gesten und kleinen Worten vorwärts, bis sie die Stelle erreichte, die sie damals als Zehnjährige für das Versteck des Paradieses gewählt hatte.
Und weil es der Junge so brennend zu erwarten schien, zählte sie von der Turmwand ausgehend die Dachziegel ab, die jetzt rot waren, hob einen davon hoch und fand zu ihrer Verwunderung das Blechkästchen vor. Zwar war es nicht mehr in gelblichen Billrothbatist ge-

wickelt und nicht rostig, sondern sauber und blank, wie sie es eben noch unter dem Hemd von Janusz hatte verschwinden sehen.
Marie mußte sich bücken, um es hervorzuziehen, ohne daß Janusz ihr dabei zusah.
Er hatte ihr den Rücken zugekehrt, stand am Rande des Daches und sah über die Felder des Kombinats, als ginge sie ihn nichts an.
Er wird doch nicht, dachte Marie, er wird mir doch nicht freiwillig das Paradies zurückgeben und Gnade vor Recht gehen lassen? Er wird doch nicht mit seinen zehn Jahren im Gegensatz zu seiner Großmutter mir gegenüber Verständnis zeigen?
Weiß der Himmel, was Marie noch alles dachte, bis sie die Blechschachtel endlich öffnete und nichts anderes darin vorfand als den Löwen.
Jetzt drehte sich der Junge um. Wieder fand sie dieses Lächeln in seinem Gesicht, und endlich begriff Marie, daß der Junge ihr den Löwen nicht zurückgab, sondern ihn ihr zum Geschenk machte.
Da sie nicht miteinander reden konnten, stellte sie sich ein Weilchen neben ihn, legte ihre Hand auf seine Schulter und sah mit ihm gemeinsam erst über die Felder nach Osten und später, als Marie endlich das Lächeln des Kindes erwiderte, nach Westen, wo der Kirchturm der Kreisstadt himmelwärts über das platte Land ragte.